Inhalt

Gutachten

„Guten Tag."

„Guten Tag."

„Haben Sie eine Checkkarte?"

„Ja."

Ich reiche meine Checkkarte herüber und schiebe hinterher:

„Ich habe einen Untersuchungstermin."

Sie sagt nichts, arbeitet blitzschnell am Computer, hämmert mit ihren schlanken Fingern Codeschlüssel in die Tastatur, der Blick geht flink von der Tastatur zum Bildschirm.

Ich bin plötzlich froh, eine Checkkarte zu besitzen, einen festen Wohnsitz und in meinem polizeilichen Führungszeugnis „keinen Eintrag" zu haben.

Andere weißgekleidete Bienchen fliegen ein und aus, schnell die Last abladen, Flügel in Bewegung halten, damit der neue Start nicht so viel

Zeit kostet, ein paar Codeworte von einer zur anderen, werkeln an Schubladen und Karteien und wieder ab, immer der Duftspur der nächsten Aufgabe nach.

Keine lächelt. Die Lage hier muss entsetzlich ernst sein. Ferngelenkte Augen und Gesichter wie aus Stein gemeißelt beherrschen den Raum.

Die automatische Gliederpuppe zieht blitzschnell meine Checkkarte aus dem Computer, legt sie auf den Thresen und sagt ohne hochzuschauen: „Warten sie bitte im Wartezimmer rechts"

Warten sie im Wartezimmer. Sterben sie im Sterbezimmer. Spielen sie im Spielzimmer und geben sie immer ihre Checkkarte ab.

Ich setze mich auf einen der bunten Stühle, die, „wir gehen mit der Zeit" signalisieren, und entdecke an der Wand einen großen, violetten Bilderrahmen, der ein intensives Farbgewimmel festhält. Kleine drachenähnliche Gestalten mit menschlichem Unterleib und klobigen Füßen, die

gierig ihre bunten Mäuler in eine Richtung aufrei-
ßen. Da mischt sich Okkerfarben-Grau zu tief-
dunklem Khaki mit mintgrünem Rand, beleuchtet
von
einer pink-orange zerfließenden Sonne.

Auf dem Fußboden liegen große Kinderbücher
mit riesigen Buchstaben. Die Teppich-Auslege-
ware hat das Muster der Schürze meiner Tante
aus den 50er Jahren. Ich konnte meine Tante
nicht leiden, sie zog nie ihre Schürzen aus.
Ich kriege den hintertupfigen Teppich mit den
bunten Fortschrittsstühlen nicht zusammen. Man
könnte mir hier Diamanten hinstreuen, ich würde
sie zu Kieselsteinen erklären.

In der offenen Tür erscheint kurz der medizini-
sche Gutachter. Er schaut mir in die Augen und
sagt zu seinen Bienchen: „Räumt das Wartezimmer auf."
Meint er mich oder die großen Kinderbücher?

Eine Mutter findet nach verzweifelter Suche ihre Checkkarte im Babykorb. Ein junger Mann trägt seinen eingegipsten Arm wie einen Berechtigungsausweis drohend vor sich her. Aus einem Behandlungsraum ist lautes Jammern zu hören. Ich schaue auf meine Uhr und möchte das hier schnell hinter mich bringen. Eine halbe Stunde vergeht, nichts geschieht. Meine Gedanken drehen sich im Kreis.

Mein Name wird aufgerufen. Vom Warten eingerostet stakse ich los, vorbei an kreuz- und querhuschenden Weißgestalten. Eine sagt noch schnell zu mir: „Ziehen sie sich aus bis auf die Unterwäsche!"

Piff, paff. Die Tür ist zu und ich schaue auf den gipsbekrümelten Fußboden, denke an meine Fußsohlen und ziehe die Zehen ein.

Schwarze Liege, Chromgestell, kein Kleiderhaken, weiße Anrichten, viele Schubfächer, verschlossen.
Großes Regal, Spiegel dahinter, Medikamente, Medikamente, verschlossen.

Ich sitze in einem verschlossenen Raum. Ich friere. Zehn Minuten, nur in Unterwäsche und von Chrom umgeben.

Zuerst ziehe ich meine Schuhe wieder an, nach weiteren fünf Minuten lege ich meinen Pullover stolaartig um meine Schultern und überlege, wie das wohl wirkt. Noch einmal 5 Minuten und ich falte meine lange Hose kunstvoll um meine kalten Beine.

Zweimal saust eine Chefstimme lautstark an der Türe vorbei. Ich nehme eine stramme Haltung an und überlege, ob ich mich meiner drapierten Kleider entledigen soll. Nur wohin soll ich sie legen? Kein Kleiderhaken und auf dem einzigen Hocker sitze ich.

Die Chefstimme nähert sich wieder. Es wird ernst. Die Tür geht auf und ich sehe den Förster vom Silberwald in weiß. Auch das noch, mir wäre der Quasimodo vom letzten Mal lieber gewesen. Dieser maßgeschneiderte Typ wird also ein Gutachten über mich fällen.

Er fragt mich nach meiner Schilddrüse, greift blitzschnell an meinen Hals, senkt den Blick und sagt der unter Strom stehenden Assistentin: „Senk- und Spreizfuß".

Bevor ich es in meine Negativ-Schubladen legen kann, kurbelt er an meinem rechten, dann an meinem linken Bein herum und diktiert der Überschall-Tante: „Beiderseits," und es folgt eine mir unbekannte lateinische Bezeichnung.

Während ich über meine lateinischen Beine nachdenke, warte ich nur noch darauf, dass er mit einem Griff meinen Mund auseinanderquetscht, meine Zähne seiner Fachkenntnis unterordnet und dann den Versteigerungspreis für mich festsetzt.

Ich höre nicht mehr was er sonst noch sagt, sondern sehe mich auf einem Marktplatz, Hände auf dem Rücken, auf einem primitiven Holzpodium stehen, und ein Marktschreier schreit laut meinen Preis in die Menge. Leute kommen auf das Podium, gehen um mich herum, zupfen hier, zupfen da.

Plötzlich bin ich wieder da und kriege gerade noch mit, dass der Förster vom Silberwald mit einer leichten Verbeugung zu mir sagt: „Sie werden jetzt noch geröntgt."

Zerröntgt hätte er sagen müssen, denn ich erlebe den Röntgen-Rekord meines Lebens. Auf den Hocker, rechts, links, mit der Stirn, mit dem

Hinterkopf vor die Platte. Rücken, Seite, Hüfte, Beine, Arm ausstrecken. Zack, Bumm. – Nächste Platte. Laut, präzise, und mit ungeheurer Schnelligkeit.

Ich bin eine Kartoffel, werde hin- und her gerollt, meine Augen werden gezählt, es wird geprüft ob ich runzelig bin und nach grünen Stellen gesucht.

Dies alles geschieht schnell, sicher und ohne dass ich herunterfalle. Es muss schnell gehen, denn noch viele andere Kartoffeln liegen vor und hinter mir. Der Tisch, auf dem ich liege, wird hin und her geschoben.

Platte rein, Platte raus. „Hast du schon den Halswirbel?" - „Ja, noch fünf."

Alles über meinen Kopf hinweg. Drei Superflitzer an einem Röntgenobjekt. Röntgenplatten, Zahlen, Fragen, Antworten. Ich glaube ich bin tot, ich werde noch einmal vermessen, und dann?

Welches Geheimnis über mich haben sie in Sekundenschnelle auf schattenhaftem Celluloid konserviert? Geheimnisse, die einen lateinischen Status erreichen und derer ich zu gering bin, um sie zu erfahren.

Zuerst einmal werden sie meinem Rententräger übermittelt. Er hat das größte Anrecht, alles über mich zu erfahren. Dafür habe ich ihm ja schließlich lange genug jeden Monat eine nette Summe von meinem Gehalt überwiesen.

Jetzt haben sie alles im Kasten. Das letzte menschliche Wort: „Sie können sich anziehen,“ fällt noch und ich stehe wieder in dem engen Quadrat, verriegle die Tür, damit niemand mein Gesicht sieht.
Das Anziehen raubt mir den letzten Nerv. Ich stecke meinen Schmuck in die Tasche. Wozu noch Schmuck anlegen, wenn ich doch nur eine durchgeprüfte Kartoffel bin!

Voll auf der dramatischen Schiene riskiere ich trotzdem im Hinausgehen noch einen kurzen Blick in die Gesichter der vier hübschen Roboter.

Sie stehen abgeschlaucht, aber immer noch kerzengerade, hinter dem Thresen. Nur etwas an ihren Schultern lässt mich erkennen, dass sie diesen Job freiwillig aufgeben werden, bevor es ihren smarten Chef allzu sehr nach frischem Wind in seinen Fertighaus-Praxiswänden verlangt.

Pfefferminz

Nett, Frauen die in die Zeit passen. Sie sitzen mir gegenüber. Mein direktes Visavis hat ein verwelktes, stark gebräuntes Gesicht und junge Augen. Viel Talmi am Hals, an den Ohren und Händen. Die Kleidung jugendlich bis flott, zum Teil mit Glimmer und Glitzer beschwert. Ihre Stimme nie piano, immer fortissimo.

Raunzig liebenswürdig hat sie Ihr Revier abgesteckt, jeden Widerspruch mit hundertjähriger Lebensweisheit niederwalzend. Ein tolles Gerüst im Ganzen, gepolstert mit enormer Selbstsicherheit.

Heute ist der erste Tag in der Kurklinik, und ich kann noch gar nicht glauben, dass ich wochenlang an diesem Tisch in dem laut brummenden Speisesaal sitzen werde.

Ich schaue zur Nachbarin der Schillernden hinüber.

Körperlich nur die Hälfte ihrer Tischgenossin,
sieht sie beneidenswert zerbrechlich aus. Wohl
eine der glücklichen Frauen, die man von vorn-
herein nicht hart anfasst.

Mein Seufzer veranlasst den bayerischen Klops
neben mir, noch mehr Pfefferminztee in meine
Tasse zu gießen. Diese Riesenkanne, die ich
noch nicht einmal mit Blicken hochheben würde,
setzt er so sanft wie einen Wattebausch auf's
weiße Tischtuch.

Alles an ihm ist rund, sanft und vorsichtig. Seine
Lider liegen immer halbgeschlossen über seinen
stets einen Fixpunkt anvisierenden Augen.
Ich kann dort hinten beim besten Willen nichts
entdecken und bemühe mich, ihn mit den neue-
sten Ergebnissen der Chaosforschung zu beein-

drucken. Doch er lässt die Jalousien noch mehr herab und schaut sphinxartig weiter geradeaus.

Ich wende mich wieder der Zerbrechlichen zu. Heute hat sie alles in braun an, sämtliche Nuancen bis hin zu einem schönen sanften Karamel. Haar und Augen schokoladenfarbig, und als Krönung auf der rechten Seite einen antiquarischen Citrin-Ohrhänger.

Extravagant und scheu schaut sie hinter ihrem unsichtbaren Zaun hervor. Wenn, dann spricht sie nur mit der Schillernden, und zu meinem Erstaunen geht es oft in pubertäres Getuschel über, so richtig mit Hand ans Ohr legen, Zischeln und Kichern. Das habe ich bei Erwachsenen schon lange nicht mehr erlebt und muss heftig grinsen.

„Sie, das dürfen's aber net!", donnert mich die Schillernde an und zeigt mit ihren roten Krallen auf meinen Salat.

Ich lasse alles was ich an Sturheit besitze auf meinem Gesicht erscheinen und sende einen Gletscherblick mitten in ihre hellen Generalsaugen.

Das Rot ihrer Finger verschwindet wieder und schleudert mit gekonntem Schwung die wallende Mähne aus der Stirn.

Fortan bin ich erledigt und werde wie Luft behandelt. Dabei habe ich heute meine Optimistenbluse an, strahlende Farben, betont durch eine lange bunte Glasperlenkette. Das Mutigste was ich mir je antat, um nicht ins aschfahle Abseits zu gelangen. Selbst der bayerische Klops zog für Sekunden seine Jalousien etwas hoch und musterte mich mit einem undifinierbaren Blick. Doch alles was er dann zu Wege brachte war Pfefferminztee. „Danke." „Bitte."

Die Servierfrauen schweben in blauweißer Einheitskleidung vorbei, ihre kurzen Blicke zwischen uns werfend.

„Das Wetter soll schön werden," quält Klöpslein aus seiner rätselhaften Verwobenheit auftauchend hervor und stiert dabei die Schillernde an. Ein Ruck geht durch sie und lächelnd verändert sich ihr Gesicht. „Sie sollte immer lächeln," denke ich und bemerke, dass Klöpslein plötzlich begehrter Mittelpunkt wird.

Die Scheue sendet ihm einen honigsüßen Blick zu und haucht neueste Wetterprognosen in seine Richtung. Die Schillernde weiß alles besser und Klöpschen stößt wiederholt: „Na sicher, na sicher!" aus.

Ich weiß nicht mehr, ob überhaupt noch das Wetter gemeint ist, und trinke verzweifelt meinen Pfefferminztee aus. Klöpschen schwenkt die Kanne und schüttet nach.

„Danke." „Bitte."

Das ist der Rest an Konversation für mich heute Abend.

Bis morgen, ihr Lieben!

Sechzig Hosen

„Aha, die Monika", sagt Klöpslein mit einer Betonung, als hätte Brigitte Bardot in ihren besten
Jahren die Bühne betreten. Seine runden Schultern straffen sich und werden um einige Zentimeter größer. Ein wonniges Lächeln und ein frischer Glanz in seinen Augen verwandeln sein
Gesicht in eine aufgehende Sonne.

„Liebe macht also doch schön", denke ich und
mustere ihn vorsichtig von der Seite. Seine straf-
fe Haltung und erwartungsvolle Anspannung er-
innern mich an einen leicht zitternden Foxterrier,
der seinen Lieblingsknochen sieht.

Liebe wird es wohl nicht sein, eher Verliebtheit",
spinne ich weiter, „da er seine Familie noch nicht
ganz vergessen hat." Ständig erzählt er von seiner Tochter, dass sie alles kann, kochen, put-
zen, tüchtig im Beruf, tüchtiger Freund. Seine

17

Frau hat er auch schon zweimal erwähnt. Sie lässt ihn nicht seine Schnäppchenteppiche kaufen, die er zu jeder Gelegenheit entdeckt. Wenn ich mir das bildlich vorstelle, kann ich es verstehen. Teppiche, Teppiche, Teppiche.

Bei diesem Gedanken bekomme ich einen trockenen Hals und trinke einen Schluck Pfefferminztee. Klöpslein vergisst tatsächlich die obligatorische Teekanne zu schwenken, um mir nachzuschenken. Jetzt bin ich davon überzeugt, es hat ihn erwischt.

Monika steuert mit federnden Schritten dem Mittelgang des Speisesaales zu. Er führt direkt an unserem Tisch vorbei. Klöpslein atmet hörbar schneller. Bei ihrem Näherkommen registriere ich, ungefähr mein Alter, blondierte Haare, den Ich-weiß-alles-Blick, und halb so viel Gewicht wie

ich.

Sie wirft mir von oben herab einen überlegenen Blick zu.

Ich schaue besorgt zu Klöpslein. Sein Zittern hat sich erheblich verstärkt. Als Monika unseren Tisch erreicht, heben ihn seine Gefühle vom Stuhl hoch. Er hängt, mit eingeknickten Knien halb stehend, schräg über unserem Tisch. Seine Anspannung hilft ihm, Balance zu halten. Doch Monika schenkt Klöpslein nur ein königliches Kopfnicken und schreitet davon, wie Liz Taylor als Kleopatra.

Ich führe meine Gabel, die eine Weile in der Luft hing, zum Mund. Klöpslein plumpst auf seinen Stuhl zurück und schubst seine 15-Gramm-Diät-margarinenschachtel unzufrieden hin und her. „Die brauch i' nun auch net mehr," knurrt er und ich rätsele, ob er jetzt Monika oder die Margarine meint. „I' lass sie einfach weg, dann nehm i' noch schneller ab."

Also offensichtlich doch die Margarine. Ich rate ihm davon ab, erzähle von Vitaminen, die sich nur durch Fett lösen, schleuse diplomatisch die tägliche Mindestzufuhr in meine Warnungen ein, und spreche von Verbrennung durch Energie. Doch er hat genug von meinen Ratschlägen, wirft auch noch die einzige Scheibe Wurst, die unsere karge 800-Kalorien-Diät dekoriert, von seinem Brot herunter, verschlingt es trocken und spült mit schwarzem Kaffee nach.

„Jetzt geh' i' noch schwimmen. I' brauchs zwar net, denn i' war schon beim Zehner-Sport, doch so nehm' i' noch schneller ab." Energisch steht er auf und schiebt sein Kugelbäuchlein der Exekution entgegen.

Ich sehe ihn um die Ecke dampfen und würge mein karges Frühstück herunter, stiere mein leeres Margarinedöschen an und suche nach meiner Wurstscheibe, die ich offensichtlich schon gegessen habe. Ich bin ein hoffnungsloser Fall, unfähig zu einer Radikalkur.

Beim Mittagessen sehe ich Klöpslein schon von weitem mit nach vorn geklappten Schulterblättern und tiefhängendem Kopf über seinem Teller brüten. Sein Gruß ist ganz schwach und ich ahne nichts Gutes. „Musste den Arzt kommen lassen, hoher Blutdruck, sehr hoher Blutdruck". Ich wage nicht zu fragen wie hoch, könnte ansteckend sein, und sage mit viel Betonung nur: „So, so, ja, ja."

Monika rauscht herein und ich schaue nervös zu Klöpslein. Er stiert sie mit eiserner Miene an und zischt dann ironisch durch seine schmal gepressten Lippen: „Gestern Abend hat sie sich an meiner Schulter ausgeweint, und heute schon schmeißt sie sich dem Schwarzhaarigen mit den sechzig Hosen an den Hals."

Prustend frage ich: „Sechzig?" „Ja, sechzig," schnaubt Klöpslein verächtlich, „drei ganze Koffer voll nur mit Hosen."

Zwischen meinen Lachanfällen zählt er mir die Leute auf, die es gesehen haben. Donnerwetter, nach meiner Rechnung sind das im Durchschnitt täglich zweimal neue Hosen, die noch keiner vorher gesehen hat.

Ich pruste wieder los und kämpfe vergeblich gegen mein Lachen, denn ich sehe den Schwarzhaarigen vor drei offenen Koffern, wie er sich vor dem Spiegel dreht und grinsend Selbstgespräche führt.
Schließlich hält auch Klöpsleins Versteinerung nicht mehr stand. Er gluckst und prustet ebenfalls.

Wir werfen uns die imaginären Hosen zu, versehen sie mit Schleifchen, Neonblinkern und Hinweisschildchen.

Neben uns lachen auch schon einige. Klöpslein füllt zum zweiten Mal Suppe in seinen Teller. Ich glaube, das Schlimmste hat er überstanden.

Stress

Nein, nein, nein, es ist nicht wahr! Ich möchte vor Zorn mit dem Fuß aufstampfen. Ich stehe inmitten nackter Männer, die mich erschrocken ansehen. „Entschuldigung", quetsche ich heraus und flüchte voller Panik.

Nach dem ersten verblüfften Schweigen verfolgt mich das Johlen der Männer bis zur Tür. Einer schreit mir noch „Freudsche Fehlleistung" hinterher und sucht sicher nach anerkennenden Blicken. Ich schnaube verächtlich durch die Nase: „Freudsche Fehlleistung!"

Wie abgedroschen, mittlerweile zum Intelligenzfeigenblatt von „Groschenheftchen" avancierte Pseudowissenschaft.

Irgendwie finde ich die Tür zur Damenkabine. Mein Badetuch fliegt in die Ecke, ich plumpse

auf die Bank und starre auf den Fußboden.
Schrecklich, ich bin tatsächlich in die Männerkabine hineingeplatzt. Es ist einfach peinlich, scho-
ckierend, lächerlich. Meine Gedanken schleu-
dern wild um diesen Lapsus.

So, jetzt aber mal langsam. Ich bin zu spät auf-
gewacht, in meinen Badeanzug gesprungen, Ba-
demantel an und ab in den Fahrstuhl. Die ganze
Zeit diese Unruhe, dass schon alle im Schwimm-
bad wie die dressierten Delphine auf die Befehle
des Zuckerwatteverkäufers warten. Zuspätkom-
menden wird dann immer gesammelte Aufmerksamkeit zuteil. Danach ist mir heute aber überhaupt nicht.

Nervös bin ich also den Gang mit hängendem
Kopf entlanggehastet, als fände ich sämtliche
Erklärungen der Welt auf dem Fußboden, und
dann
hineingestürzt in die Männerkabine. „Na also,
nervöse Erschöpfung," dieser Gedanke lässt

meine Schultern gerade werden und ich bemerke erschrocken, dass die Frauenkabine leer ist. Auch das noch, ich komme tatsächlich zu spät. Ich flitze um weißgekachelte Ecken und höre bereits die sonore Stimme des Zuckerwatteverkäufers, verstärkt durch moderne Technik.
Die letzte Kachelecke noch und ich starre ungläubig auf das Wasser.

Vor mir im Schwimmbecken hängen ein Dutzend abstruse Amphibien mit unentschlossenen Paddelbewegungen herum. Mit der mir noch verbliebenen Eleganz steige ich ins Wasser, greife mir einen aufgepumpten Autoschlauch und verwandele mich ebenfalls in einen Dunlop-Doppelfrosch. Der energische Schritt des Sporttherapeuten wird für ein paar Sekunden um einige Zentimeter länger. So drückt er immer seine Verärgerung über Störungen aus.

Mit hypnotisch auf- und abschwellendem Singsang eines Zuckerwatteverkäufers befiehlt er uns die schwierigsten Übungen, und wir, wir gehorchen, als hänge unser Leben davon ab.

Heute erprobt er an uns anscheinend die ganze Bilanz seiner krankengymnastischen Ausbildung.

„Und nun klemmen sie ihre Füße unter der Haltestange am Beckenrand fest, schieben sich mit den Beinen vom Rand weg und lassen ihre Arme locker über den Autoschlauch hängen." Ein angenehmes Gefühl, mit den Füßen am Beckenrand und dem Oberteil im Autoschlauch verankert zu sein. Ich schaue mich ein wenig um. Wir sehen jetzt alle wie die Mutation einer Seeanemone aus, die in Gleichgültigkeit auf ihre nächste Mahlzeit wartet. Rechts von mir ein Seeanemon, links eine Anemone. Der Anemon wirft mir mit seinen rollenden Chamäleonaugen einen eindringlichen Blick zu und verliert doch glatt seine Verankerung am Beckenrand.

Um nicht zu lachen, blicke ich zur Anemone nach links. Sie ist ungefähr 1,90 Meter groß und liegt bretthart auf dem Wasser. Eher wie eine Gottesanbeterin mit Rettungsring. Aus ihrem Mundwinkel zischt sie ihrer Anemonennachbarin Ratschläge zu, da diese mit ihrer kleinen Figur keinen Halt in dem großen Schlauch findet.

Der Anemonenwald hat den nächsten Befehl des Zuckerwatteverkäufers befolgt und in das Schwimmbecken eine echte Meeresdünung hereingebracht. Mir spritzt Solewasser in die Augen und ich konzentriere mich nun auf meine Ohren. Was sagt er? „Schieben sie jetzt den Schlauch in Hüfthöhe und legen sich nach vorne auf das Wasser?" Ich habe zu sehr geschoben, meine Beine zeigen nach oben, mein Kopf hängt unter Wasser. Ich weiß nicht wie ich es schaffe wieder aufzutauchen, doch von nun an hinke ich den Übungen hinterher.
Dieser dämliche Autoschlauch ist ein krankengymnastisches Ungeheuer. Das hat mir gerade

noch gefehlt nach dem Stress in der Männerkabine.

Die Übungen sind beendet und der Seeanemon
von vorhin jettet an mir vorbei, als sei der letzte
Tag in seinem Leben angebrochen. Alle wühlen
sich wie die Piranhas durch das Wasser dem
Ausgang zu. Unter der warmen Dusche fließt der
Stress endlich von mir ab. Mit wohligem Gefühl
sehe ich ihn in kleinen Bächen im Abfluss ver-
schwinden, und wenn der Rest jetzt noch aus
meinen Füßen herausfließt, ist die Welt wieder in
Ordnung. Mir gegenüber hat eine frierende Anemone Aufstellung genommen. Sie möchte sich
auch unter warmen Wasser zum Menschen zu-
rückverwandeln. Ihre vorwurfsvollen Signale ver-
hindern den Restabfluss meines Stresses.
In meinen Fußsohlen bleibt er also für heute ste-
cken. Ich sende ein höfliches Lächeln aus und
räume das Feld.

Komm lieber Mai und mache

die Bäume wieder grün, die Falten wieder glatt, die Knochen wieder heil, die Hüften wieder schmal und die Bäuche wieder flach.

Etwas ist anders. Ich sehe mich im Speisesaal um und kann nichts entdecken. Meine Blicke bleiben draußen an den Wolken hängen, und dann weiß ich es. Die Geräusche sind anders, lauter, hastiger, eine Spannung liegt in der Luft.

Neugierig betrachte ich reihum die Gesichter. Es scheint, dass interessante Dinge diskutiert werden. Ich schaue wieder zu den Wolken und stelle mich ganz auf mein Gehör ein. Wortfetzen fliegen vorbei. „Der Ausgang wurde verlängert, aber trotzdem zu kurz wenn …." Das ist für mich etwas Neues und ich frage mich warum verlängert?

„Wollte mir noch eine Jacke kaufen, denn in der Nacht wird es bestimmt kühl." „Bis zu den Terrassen ist es zu weit." „Dort spielt aber die bessere Kapelle." Das kann doch nicht so aufregend sein, sage ich mir, die gehen doch täglich aus. Dann fällt der Satz: „Es ist ja schließlich Tanz in den Mai".

Wieder so ein Mythos, der nicht halten wird was er verspricht. Ich denke an: „Es ist ja schließlich Karneval, es ist ja schließlich Weihnachten, es ist ja schließlich Urlaub, es ist ja schließlich Hochzeit, endloses „Es ist ja schließlich".

„Ich werde jetzt noch ein wenig schlafen, um ganz frisch zu sein," sagt die norddeutsche Brise zur schwäbischen Tüchtigkeit.

Beides Nachfolgerinnen der Schillernden und der Introvertierten, die uns nach vier Tage langem, aufwendigem Abschied verlassen haben.

Die norddeutsche Brise steht auf, wendet sich zu mir und sagt vor dem Weggehen mit Bestimmtheit: „Und Sie gehen mit!" „Weiß nicht," quetsche ich heraus.

„Um 17 Uhr geht's los!" schmettert sie noch und schleudert ihren dunkelblauen Acht-Bahnen Rock mit Wucht nach links, dann nach rechts. Ein Gewoge von tausend großen Glockenblumen könnte kein schwungvolleres Ereignis sein, und ich staune über die Ausdrucksmöglichkeiten, zu denen zwei starke Hüften und ein Stück Stoff fähig sind.

Klöpslein neben mir strahlt auch eine veränderte Form aus. Frischer, fröhlicher, so als wäre endlich etwas Ersehntes für ihn eingetroffen.
Im Speisesaal ist das Stimmengewirr eine Spur lauter geworden. Wie auf einem Bahnhof, kurz bevor der Zug eintrifft. Es scheint, alle haben schon den Koffer in der Hand und los geht's.

Mich beschleicht ein bekanntes Gefühl. Es stammt noch aus den Zeiten, in denen ich frisch herausgeputzt mit vielen anderen jungen Mädchen dem Festsaal zustrebte, um in den Mai zu tanzen. Im Haar den Wind, im Herzen die Gewissheit, dass nun endlich der Prinz erscheint, mir den gläsernen Schuh überstreift und sagen wird, nur ein Aschenputtel käme für ihn in Frage.

Und wir würden tanzen, tanzen, in den Mai tanzen natürlich. Und dann ab ins Schloss, auf einem edlen Rappen, und ohne Sorgen leben, noch heute.

Ist nichts draus geworden, und die Männer hier sehen nicht danach aus, als trügen sie gläserne Schuhe in der Tasche. Die meisten Frauen allerdings verhalten sich so, als würde heute Nacht der letzte, irgendwo hängengebliebene gläserne Schuh vergeben, an sie natürlich. Nein, es steht fest, ich werde mich bei schöner Radiomusik in den Mai lesen.

„Komm lieber Mai und mache," gröhlen einige Spätheimkehrer. Ich drehe mich auf die andere Seite und schlafe weiter.

Das nächste Frühstück kommt bestimmt, und der Speisesaal bleibt ziemlich leer. Ich sitze nun schon eine halbe Stunde alleine an unserem Vierertisch und denke neidvoll, dass meine Tischgenossen sicher eine Menge erlebt haben und völlig fertig sind.

Jetzt kommen sie und sehen tatsächlich danach aus. Ich mache ein cooles Gesicht, niemand soll sehen, dass ich gestern Abend vielleicht die falsche Entscheidung getroffen habe.
Sie setzen sich, sagen kein Wort und arbeiten lustlos an der einzigen Schnitte herum, die ihnen laut 800-Kalorien-Plan zusteht.

„Eine Unverschämtheit", sagt die eine, „ja, finde ich auch," sagt die andere.

Klöpslein sagt nichts, sieht aus wie Selterswasser ohne Kohlensäure, also wie immer. Was soll ich davon halten? Gab es etwa skandalöse Geschehnisse gestern Abend? Schade, ich hätte doch mitgehen sollen.

Völlig neutral in Gestik und Mimik warte ich gespannt auf den nächsten Gefühlsausbruch. Er kommt, ich spüre es. Und ich spüre noch etwas, so was wie Tanz in den Mai.
„Bin ich denn Frischfleisch?" fragt die norddeutsche Brise. „Nein, das bist du nicht, nicht mehr," antworte ich in Gedanken. „Wie beim Fleischbeschauer," sagt zerstreut die schwäbische Tüchtigkeit.

Klöpslein lässt ein verschmitztes Lächeln erblühen und senkt seinen Kopf tief über den Teller. Das nutzt ihm nichts. „Und Sie," faucht die norddeutsche Brise, „glauben Sie, wir haben Sie nicht gesehen?"

Klöpslein zieht den Kopf ein. Was hat er nur ver-
brochen? Alle schweigen. „Zweimal, zweimal haben wir Sie gesehen!" Giftig schleudert die
schwäbische Tüchtigkeit ihm das -zweimal- an
den Kopf.

Lieber Himmel, wo denn? Hoffentlich erklären
sich die Damen bald. Mir geht es wunderbar.
Vor Aufregung habe ich tatsächlich Klöpsleins
Marmelade verbraucht. Ich entschuldige mich,
froh, endlich etwas sagen zu können. Er sagt:
„Macht nichts," wie ein Börsenmakler, der eine
lästige Fliege verscheucht. Es folgt ein kurzes
Schweigen.

„Ich habe sie erkannt!" scheucht die norddeutsche Brise Klöpslein erneut auf, „sie haben ihr
Gesicht an die Scheibe gepresst." Ach du liebe
Zeit, darauf soll sich jemand einen Reim machen.

„Ja, stimmt", schiebt die schwäbische Tüchtigkeit
hinterher, „zweimal haben sie ihr Gesicht an die
Scheibe gepresst und uns beobachtet."

Klöpslein macht ein Gesicht, wie ein Hund der gebadet werden soll. Außer ansatzweisem Stottern gelingt ihm nichts. "Warum sind sie nicht herein gekommen?" die norddeutsche Brise schiebt ihr Gesicht schräg über den Tisch. „Ja," hilft ihr die schwäbische Tüchtigkeit, „dann hätten wir wenigstens einen Mann zum Tanzen gehabt!"

Also, ich folgere, dass er nur durch die Scheibe des Tanzlokals alles beobachtet hat. Und ich folgere weiter, dass es den Damen nicht um den letzten gläsernen Schuh ging, sondern um rhythmische Bewegungen zu maidurchzogenen Klängen.

Es stellt sich heraus, dass Klöpslein die Damen tatsächlich durch die Scheibe beobachtet hat, und dass sich kein Tänzer bereit fand, die Gefühle der Damen maibetont über das Parkett zu führen.

Im Gegenteil, etliche Rüpel, so nach ihren Aussagen, haben alles was weiblich war nach

Frischfleisch-Manier gemustert, so dass sie sich wie auf der Theke eines Metzgerladens fühlten und dann, nach einem lautstark genossenen Bier an der Theke, wieder den Saal verlassen.

Plötzlich merke ich, dass an den anderen Tischen ähnliches los ist.
„Hat sich nicht gelohnt", höre ich.
„Was hätte sich denn gelohnt?" denke ich und merke, dass mir langweilig wird. Ich höre nicht mehr zu.

Vor dem Essen gehe ich in den Kurpark. Die Sonne scheint und im Kur- Café spielt das Orchester im Walzertakt: Komm lieber Mai und mache, die Bäume wieder grün!

Lila Geheimnis

Margarete steht vor dem Spiegel und greift nach der lila Lavendelflasche. Sie sprüht, sprüht den frischen, herben Nebel von der hell lila Socke, hinauf über ihre lila Kleidung, bis zum leuchtenden Violett der Ohrclipse. Dabei lächelt sie papierdünn, leicht, aber nicht schmallippig, wie Asiatinnen lächeln. So wird sie ein Geheimnis. Ein lila Geheimnis, das mit blass-lila Stoffschuhen durch die Gänge der Klinik schwebt.

Der absolute Lilakokon, verstärkt durch den Lavendelkokon, dominiert jeden Raum, lässt alle tief durchatmen und hinblicken, für Sekunden unausweichlich lila spüren. Das ist schon alles, mehr will Margarete nicht. Unseren missbilligenden Blicken, Folge einer aus der Routine aufgeschreckten Patientenschar, konnte sie bisher leichtfüßig ausweichen. Das Personal, voran der

Chefarzt, nimmt, wenn getroffen vom lila Geheimnis, einen grübelnden Ausdruck an.

Wir sitzen im Kreis, ein Stuhl ist noch leer, das lila Geheimnis fehlt noch. Die Therapeutin widmet sich aufmerksam einem unerwünschten Einzelgespräch.

Ein unsichtbarer Faden von Lavendelduft zieht unsere Nasen in Richtung Tür. Dort steht sie, ihr Übergewicht durch Lila in Charme verwandelt, sendet sie ihr hauchdünnes, papierenes, aber nicht schmallippiges Lächeln aus. Lautlos erreicht sie den leeren Stuhl und während die Therapeutin unauffällig-souverän ihren Seelenmeißel ansetzt, wir langsam aber sicher in unsere Emotionen geraten, lächelt sie weiter.

Bei ihr gibt es nichts zu meißeln.
Spricht einer laut von harten Tatsachen, so überschattet kurz ein peinlicher Ausdruck ihr Lä-

cheln, und sie gestattet sich einen längeren Blick auf ihre lila Fußspitzen.

Sie beschäftigt mich sehr. Beim Einkaufsbummel im Kurort wollte ich auch schon eine Lavendel-flasche aus dem Regal holen, wusste aber sofort, es würde nichts nutzen.

Wir stehen auf. Ich schaue zu ihr hinüber. Sie stößt den gleichen langgezogenen Seufzer der Erleichterung aus, wie wir.
Warum nur?

Mondsplitter

Die Therapiekarte steht auf null. Heute ist Sonntag. Frühstück gab es so früh wie immer, und draußen stehen noch die langen, kühlen Schatten des Morgens. „Ein kostbares Medaillon," denke ich beim Anblick des Kurparkes. Mit einem Schritt von der lauten Straße herunter, gehe ich erstaunt darin spazieren.

Überall hängt unsichtbar das Schild: Bitte nicht stören. Ich trete leise auf und gehe ganz langsam. Doch wohl nicht vorsichtig genug. Zwei Enten spritzen schnell aus dem Gebüsch heraus und wieder hinein. Der Enterich wirft mir einen kurzen, bösen Blick mit seinem linken Auge zu. Ganz ohne Geschnatter, blitzschnell und weg. Ich spüre die Dynamik des Parkes, die sich in den frühen Morgenstunden noch nicht ganz versteckt hat.

Von dem Platz, den ich nun erreiche, kann ich das ganze Medaillon übersehen. Gesäumt vom Rubin der vielen Tulpen, liegt in der Mitte ein Smaragdoval, ein dichter, tiefgrüner Teppich. Am oberen Ende des Ovals steht eine mächtige Springbrunnenfontäne. Durch die Sonne leuchtet sie wie ein großer Kristall. Dahinter als Abschluss, fast wie eine kostbare Fassung, ein schlossähnliches, langgestrecktes Gebäude.

Die Sonne wärmt mir den Rücken und ich lasse die Schönheit des Parkes auf mich wirken. Dann fällt mir ein, dass das Sonntagsfrühkonzert gleich anfängt, und ich schlendere in Richtung Schloss. Das Gebäude entpuppt sich als Spielcasino, aus dem gerade das Kurorchester heraustritt und auf der Freilichtbühne Platz nimmt. Soll mir recht sein, so kann ich im Freien noch mehr Sonne genießen.

Ich nehme Platz, und schon ist der erste Walzer da. Der Kellner auch. „Ein Viertel Weißen bitte."

Die Melodie umspült mich im Dreivierteltakt. Rhythmisch balanciert dazu mit leichtem Vor und Zurück ein Pfau sein prunkvoll aufgestelltes Rad vorbei.

Die Kombination von Sonne, Walzer und außergewöhnlicher Schönheit treibt mich ins Träumen, doch die den Füßen des Pfaues folgende Pfauengattin unterbricht es abrupt. Ihr schnelles Vor und Zurück ignoriert den Walzertakt. Albinofarben und völlig ohne Prunk visiert sie mich mit kalten, starren Augen an und hackt dann mit harten Schnabelhieben unsichtbare Krümel auf. Jetzt starrt sie mich schon wieder an, als müssten aus meinem Haupt Köstlichkeiten für sie herabfallen. Ich komme mir vor wie ein Sklave, der nicht genug Korn abliefert.

Ärgerlich wende ich mich ab und schaue nach vorn, mitten in zwei braune Augen. Donnerwetter, der Dirigent schaut mich länger als nötig an und wedelt scheinbar geistesabwesend mit dem Taktstock in Richtung Musiker.

Das kann nicht sein. Ich ziehe nervös an meiner Bluse. Sie hat keinen tiefen Ausschnitt und so sehr verjüngt kann mich die Kur noch gar nicht haben.
Jetzt guckt er schon wieder so merkwürdig und viel zu lange, und wedelt lustlos mit dem Stöck-chen. „Hoffentlich vergisst er das Wedeln nicht," denke ich und schrumpfe in meinem Stuhl zu-sammen.

Pause.

Er geht an das Mikrofon, ohne mich aus den Au-gen zu lassen, und schurrt mit sonorer Stimme: „Ich erfülle mir einen Wunsch und spiele für Sie Mondsplitter von" ….
Doch das höre ich vor Peinlichkeit nicht mehr. Der Blick, den er mir dabei zuwirft, ist jedenfalls kein Splitter mehr.

Es dauert gar nicht lange und schon splittert er los. Ein Geigensolo rauf und runter, jauchzend, jammernd, mit vielen Schleifen und Kurven.

Ich bin ganz verblüfft, dass mir das gelten soll, denn sein auf- und niederklappender Blick schwappt immer in meine Richtung. Ich kann mich nicht recht freuen, dass mir jemand so plötzlich pausenlos Mondsplitter herüberfidelt, schüttele meinen Rock ein wenig, damit neue Splitter Platz haben, und schüttele meinen Kopf, denn das Ganze ist mir ein Rätsel.

Der letzte Geigenseufzer verklingt, ich stehe mit weichen Knien auf, drehe mich etwas zur Seite und sehe des Rätsels Lösung vor mir. Jung, schön, lange Haare, kurzer Rock. Sie hat die ganze Zeit hinter mir gesessen und strahlt jetzt offensichtlich dem Dirigenten entgegen.

Zügig durchquere ich den Kurpark, bar jeder Illusion, dem 500-Kalorien-Mittagessen entgegen.

Doch dann bleibe ich stehen, sage: „Mondsplitter!" und lache, und kann nicht mehr aufhören zu
lachen.

Der Wasserschatten

Oh Heinrich, von Kleist, verzeih mir, ich habe dich ins Thermalbad mitgenommen und nun bist du ganz aufgequollen. Ich weiß, du hast ein anderes Niveau verdient, doch gerade hier auf der Liege vertiefe ich mich in deine Madame „von O", da ich eine Vorliebe für vergangene Werte habe.

Dazwischen denke ich an deinen „Kohlhaas" und sein Bekenntnis: „Ich trage eine innere Vorschrift in meiner Brust, gegen welche alle äußeren, und wenn sie ein König unterschrieben hätte, nichtswürdig sind. Daher fühle ich mich ganz unfähig, mich in irgendein konventionelles Verhältnis der Welt zu passen."

Das genügt, damit der kleine Kohlhaas in mir, den ich jahrelang wegsperrte, sich befreit und nun von einer Minute zur anderen eine Rebellion in meinem Kopf anrichtet.

Ich kann vor Zorn kaum noch atmen bei dem Gedanken, dass ich meinem Korsett von Pflicht, Arbeit und Liebe auch noch das ewig arrogante Gehabe so vieler Besserwisser hinzufügte. Wie oft war mir speiübel von der Einkesselung beschränkter Geister, die um der Behaglichkeit, der Sicherheit durch Konvention und Tradition willen, noch nicht einmal eine leichte, geistige Koketterie duldeten.

Es ist Zuviel. Derart aufgebracht halte ich es auf meiner Liege nicht mehr aus und stehe auf. Ich ziehe meine Badeschuhe an und gehe zur Dusche. Das Wasser läuft an mir herunter und ich überlege, woran Kleist wohl dachte, als er schrieb: „Müssten wir wieder vom Baum der Erkenntnis essen, um in den Stand der Unschuld zurückzufallen?"

Etwas irritiert schaue ich zur Seite und merke, dass ein älterer Hans-Albers-Typ unter der nächsten Dusche steht und mir zuzwinkert.

Ich steuere jetzt einfach die Thermalquellen an und freue mich auf das warme Wasser. Noch schnell stelle ich meine Badeschuhe zu den vielen anderen Badeschuhen, und hinein ins nasse Vergnügen.

Entspannt lasse ich mich auf dem Rücken liegend im Wasser treiben und sehe, dass ich vom Hans-Albers-Verschnitt verfolgt werde.

„Nun habe ich anstelle eines Kurschattens einen Wasserschatten", denke ich und schwimme beschleunigt auf eines der eingezäunten Sprudelbassins zu. Keiner drin. Erleichtert lehne ich mich an die Stützmauer, da schwimmt auch schon mein Wasserschatten herein und nimmt mir gegenüber Aufstellung. Er zwinkert schon wieder mit den Augen und ich schaue irritiert zur Seite. Etwas ratlos sage ich halblaut: „Was nun Heinrich?" Augenblicklich hört mein Schatten mit dem Zwinkern auf und schaut mich misstrauisch von der Seite an.

„Ach so," denke ich, grinse, und spreche noch einmal leise vor mich hin: „Mein Kohlhaas hat sich im warmen Wasser beruhigt Heinrich, doch jetzt habe ich ein anderes Problem."

Das genügt, der Wasserschatten gleitet so schnell und elegant wie möglich davon. Er glaubt wohl, ich spreche öfter mit mir selbst. Seinem letzten Blick entnehme ich, dass er ein endgülti-ges, allem Anschein nach, vernichtendes Urteil über mich gefällt hat. Eine Weile genieße ich noch die heißen Quellen, schwimme dann der Ausgangstreppe entgegen, und ziehe meine Ba-deschuhe wieder an.

Auf dem Weg zur Dusche verfolgt mich ein nächster Schatten mit lautem Hallo. Ich flüchte in die Damentoilette. Nach einer Weile öffne ich frierend die Tür einen Spalt und starte zur Flucht unter die Dusche.

Bei dem warm herabströmenden Wasser schließe ich die Augen und denke grübelnd daran, dass ich schlichte Farben für meinen Badeanzug gewählt habe, kein großes Rosenmuster, keinen exotischen Schlangendruck oder funkelnden Strass. Man soll mich in Ruhe lassen.

Bei diesem Gedanken öffne ich wieder die Augen, um sie vor Schreck aufzureißen. Der Verfolger von eben steht direkt vor mir, zeigt auf meine Füße und sagt gereizt: „Kann ich jetzt meine Badeschuhe wiederhaben?" Ich schaue nach unten. Tatsächlich, blauweiß- und nicht schwarz-weiß-gestreift.

Ich möchte etwas von Verwechslung sagen und erklären, dass durch die vielen Badeschuhe die dort waren, dieser Irrtum entstanden ist, und mich bei ihm entschuldigen. Doch kaum habe ich die Schuhe hergegeben, schnalzt er mit ihnen davon, ohne mich auch nur noch eines Blickes zu würdigen.

Völlig fertig packe ich den gequollenen Heinrich und meine Handtücher in die Badetasche, konzentriere mich schon jetzt auf die Krümel, die mir zum Abendessen serviert werden und verlasse, ohne einen Blick nach links oder rechts zu wagen, diesen feuchten Ort.

Ein Brief

Mein Schnecklein,

in letzter Sekunde habe ich einen Sitzplatz für die Fahrt zum Rattenfänger erwischt. Du kennst das schon bei mir, dieses hin und her, einmal ja, einmal nein, ehe ich einen Entschluss fasse.

Und dann die Sorge, wer wohl im Bus neben mir sitzt. Das letzte Mal saß ein Ruhrgebietler neben mir, dem ich voller Andacht die Familienbeichte abnahm. Dazwischen die Witze des Busfahrers, der locker aber zielgerecht auf ein dickes Trinkgeld hinarbeitete.

Der Gedanke an dieses bunte Erlebnis gab mir den nötigen Schwung, den Fahrstuhl zu erreichen und mit meinem Regenschirm bei dem Bus aufzutauchen, der zum Rattenfänger fuhr.

Als Kind überfiel mich immer ein wohliges Gruseln, wenn ich mir den Rattenfänger vorstellte, wie er durch Hameln mit all den Kindern zog. Und dann die weinenden Eltern!

Hänsel und Gretel war nichts dagegen, denn das in Hameln ist ja nun mal wirklich passiert. Habe ich gedacht. Und nun bin ich wütend auf die Reiseführerin. Sie sagte, es wäre eine Sage und hätte in Wirklichkeit mit der Rekrutierung von jungen Menschen zu tun, die für einen Krieg geworben wurden. Glaube mir, die Sage vom Rattenfänger passt viel besser zu Hameln und seinen alten, prächtigen Häusern. Ich gehe also durch Hameln und bestaune die bunten Häuser. Die Sonne scheint und die Frauen aus der Klinik sind sogar nett zu mir. Ich bin auch nett und der einzige Mann in unserer Truppe weiß nicht, ob er alle Frauen oder nur eine anlachen soll.

Mein 800-Kalorienmagen schlägt die Richtung Erdbeerkuchen ein, der von den Tischen der

Cafés herüberwinkt. Jede Menge Cafés, und die Möbel stehen schon draußen. Wir erwischen einen Tisch. Neben uns ein junges Paar und jede Menge Sonnenschein. Alle Frauen haben zu ihrer Frühlingsgarderobe ihre Kronjuwelen angelegt. Der Kaffeeduft vermischt sich mit der Frühlingssonne und ich lehne mich gemütlich zurück. Und dann passiert es.

Ein Straßenmusikant setzt sich mitten vor diese bunte, duftende Pracht auf die Erde und spielt mit steifen Fingern auf einem abgeblätterten Akkordeon. Am rechten Arm trägt er eine Blindenbinde. Sein Gesicht ist faltig und ganz starr. Der Kontrast zwischen ihm und uns springt mich hart an, und ich fürchte mich vor den Worten, die in solchen Situationen oft benutzt werden: „In Deutschland muss niemand verhungern." - „Wenn ich wüsste, dass er sich Brot dafür kauft, aber für Alkohol, nein, dafür ist mir mein Geld zu schade." - „Und alles von meinen Steuern!"

Während meine Hand das Geld umklammert, warte ich auf noch einen Dummen, der nach vorne geht.

Mit steifen Beinen gehe ich zum Musikanten und schäme mich entsetzlich. Ich weiß nicht warum. Hinter mir wird es stiller. Und jetzt wieder zurück und hingesetzt. Interessiert beobachte ich, dass die Milch in meinem Kaffee Spiralen zieht, und ich trinke ihn in ganz kleinen Schlucken aus, damit ich etwas zu tun habe.

Doch bevor ich nun meinen Brief beende, noch schnell etwas Schönes:

Stell dir vor, plötzlich fing es an zu regnen, und alle Cafègäste sprangen auf und flüchteten. Aus einem Restaurant gegenüber lief ein junger Mann zu dem Blinden, hob ihn vorsichtig auf und führte ihn unter einen Torbogen, lief noch einmal zurück und brachte ihm das Akkordeon. Er strich dem Blinden zweimal liebevoll über den Arm und ging zurück an seine Arbeit.

Von da an ging es mir wieder gut.

Bis bald, Deine Mama.

Lui der Jüngere

Es ist wie immer, mit der Ausnahme, dass Ilse heute ihre Stiche nicht in der Hüfte sondern im Rücken hat. Mit hingebungsvoller Ausführlichkeit erklärt sie uns die Höhe, die Tiefe und die Länge der Stiche.

Sigrid schaut Ilse mit einem ihrer stoischen Blicke an, von denen man nicht weiß, ob sie auf einem haften oder durch einen hindurchgehen. Sigrid umgibt sich mit freundlicher Distanz. Ihr gehen Ehre und eine gerade Körperhaltung über alles.

Betty, die Jüngste von uns, sitzt in ihrer pflaumfarbenen Kleidung, ganz weich und kuschelig mit ihrer vollen, an Pfunden recht beträchtlichen Figur in dem einzigen Sessel des Cafés. Grüblerisch mustert sie die übrigen Gäste. Ich beneide sie um den Sessel. Leider bin ich zu spät gekommen und bemühe mich, dem alten Stuhl, auf dem ich sitze, Komfort durch positives Denken abzugewinnen. Niemals könnte ich wie Sigrid dabei auch noch so gerade sitzen, dass man mich ohne Bedenken in dieser Haltung zum Ritter schlagen würde.

Hier im Café verwenden wir unsere Energie einzig darauf, die Speisekarte hin- und her zu blättern, um dann meist doch nur das Übliche zu bestellen. Das Übliche bedeutet sich im Rahmen einer Staffelung von 800, 1000 oder empörend vielen Kalorien während eines Tages zu bewegen.

Wenn die Kellnerin serviert, kommt der schmerzliche Augenblick des Be- und Erkennens. Vor Betty und mir steht immer nur eine Tasse Kaffee,
marmoriert durch einen luxuriösen Tropfen Milch. Wir halten fünf Minuten stille Einkehr, bevor wir den ersten Schluck trinken. Nur am

Sonntag stürzen wir uns sofort auf das Erdbeer-Ausnahme-Diabetiker-Kuchenstück.

Bei Sigrid ist man vor Überraschungen sicher. Jeden Tag sagt sie formvollendet: „Ein Stück Käsekuchen, bitte den kalorienarmen." Kenner der Szene wissen, das bedeutet 1000 Kalorien am Tag. Sie macht auch am Sonntag keine Ausnahme, was Betty und ich beim besten Willen nicht verstehen. Wir schauen sie dann immer lange und eindringlich an. Doch ihr eiserner Blick verbietet jede Frage.

Nur Ilse kann sich den Luxus leisten, je nach Stichlage ihrer Hüfte, zum Trost zwischen Sahne- oder Buttercremetorte zu wählen. Zu unserem Leidwesen wählt sie immer.

Wir haben uns zufällig in diesem urgemütlichen Café zusammengefunden und treffen uns jetzt täglich hier. Die Einrichtung besteht aus verschiedenen alten Möbelstücken, nicht kostbar, doch überall mit weißer Spitze dekoriert. Große Fenster lassen viel Licht und Sonne herein, und die leichten, weißen Spitzengardinen verstärken die Heiterkeit der Räume. An den Wänden alte Fotografien oder Bilder, deren Motive wohl schon immer belächelt wurden.

Hier werden keine Ansprüche an den Kunstverstand, noch an ein bestimmtes Klischee gestellt, hier existiert nur Wärme und viel Helligkeit. Das Café ist sehr beliebt und jeden Tag über viele Stunden voll besetzt. Mancher Gast findet keinen Platz, es sei denn, er wartet am Eingang darauf, dass einer frei wird.

Mein Blick bleibt bei einem großen schlanken Mann haften, der im Eingangsbereich steht und die Gäste an den Tischen mustert. Er könnte 60, 70 oder 80 Jahre alt sein und sieht aus wie ein Verschnitt von Don Quijote und Lawrence von Arabien. Während ich noch denke, der wird nicht lange warten, geht er plötzlich mit langen Schritten zielsicher durch den Raum direkt auf unseren Tisch zu. Irritiert will ich etwas zu den anderen sagen, da verneigt sich Lawrence von Arabien schon und sagt: „Gestatten meine Damen, ich bin Lui der Jüngere."

Ehe wir antworten können, hat er sich auf den noch freien Stuhl an unseren Tisch gesetzt und schaut uns ruhig der Reihe nach an. Wir sitzen ganz versteinert da, unsere Hände liegen platt neben unserem Kaffeegedeck. „Nur ein Österreicher kann so charmant und so dreist sein," schießt es mir durch den Kopf, da legt Lui der Jüngere seine asketische Hand auf die molligen Finger von Betty.
Erschrocken ziehen wir unsere Hände von der Tischplatte und halten die Luft an. Alle schauen zu Betty. An ihrem Hals steigt langsam Röte in den Kopf hinauf, doch sie lächelt und schaut auf den Tisch.

„Nehmen sie es mir nicht übel, aber ich habe selten so schöne Hände gesehen," sagt Lui. Wir schauen alle auf Bettys Finger. Sie sind kaum zu sehen, denn Luis Hand liegt immer noch darauf. Diese Frechheit ist kaum noch zu ertragen.

Wir verständigen uns mit funkelnden Blicken, nur Betty nicht. Sie schaut verlegen auf den Tisch und zieht ihre Hand nicht weg. Doch Lui zieht jetzt seine Hand fort und wendet sich uns zu. Ein Wunder, dass uns die angehaltene Luft nicht zischend entweicht.

Lui der Jüngere baut viele charmante Brücken, auf denen wir stehen könnten, über unsere Kleidung, das Kurkonzert, den Sonnenschein. Leider hat uns der Schock die Sprache verschlagen, und wir bleiben stumm. Selbst als er uns sagt, dass er Lui der Jüngere heißt, weil sein Vater halt Lui der Ältere wäre, erntet er nur ein mühsames Höflichkeitslächeln.

Ich erlaube mir noch den Luxus, seine außergewöhnliche Frisur genauer zu betrachten. So etwas habe ich wirklich noch nie gesehen. Er hat
einen weißen seidigen Haarkranz, den er im
Nacken lang wachsen ließ. Dieses lange Haar
ist in einer schwungvollen Tolle nach oben ge-
stülpt und bedeckt kunstvoll den kahlen Kopf.
Vom Profil her sieht er wie ein kostbarer, vom
Aussterben bedrohter Vogel aus.

Doch Lui hat genug von uns. Er wendet sich wieder Betty zu und ignoriert uns konsequent.

Sigrid gerät über diese erneute Frechheit völlig
aus den Fugen und bestellt sich ein Erd-
beer-Ausnahme-Diätkuchenstück, obwohl nur
Donnerstag ist. Ich bestelle auch eines. Ilse, diese wandelnde Kalorienbombe, versucht sich in-
teressant zu machen, indem sie uns eine Rüge
erteilt. Es langt mir, und jetzt hilft auch kein positives Denken mehr. Voller Schärfe und ironi-
scher Betonung sage ich laut: "Außergewöhnli-

che Ereignisse haben eben außergewöhnliche Handlungen zur Folge."

Flüchtig schaut Lui mich an und flüstert dann Betty etwas zu. Sie erheben sich beide. Lui verbeugt sich ohne ein Lächeln, nickt uns zu, und ohne eine Erklärung verlassen sie das Café.

„Hoffentlich hat sie genug XY-ungelöst im Fernsehen gesehen," denke ich, „so fangen die Katastrophen ja immer an."

Ilse hat wohl ähnliche Gedanken. Sie schwelgt in Kassandra-Rufen und Sigrid verliert ihre gerade Haltung. Sie hört Ilse ratlos zu.

Doch alle Befürchtungen sind grundlos. Im Gegenteil, ab und zu begegnet uns Betty mit Lui dem Jüngeren im Park. Jedes Mal unterhalten sie sich angeregt. Lui führt Betty liebevoll am Arm und sie grüßt immer und lächelt. Lui verbeugt sich jedes Mal, aber ohne zu lächeln. Diese Szene erinnert mich an die Sissi-Filme, doch die Selbstverständlichkeit und Gelassenheit der beiden lassen kein spöttisches Lächeln aufkommen. Eigentlich sind sie zu beneiden.

Unsere gemütlichen Kaffeekränzchen sind allerding vorbei.

 Wir treffen uns nicht mehr regelmäßig und jeder geht wieder seiner eigenen Wege.

Sozialer Abstieg

„Hallo!"

„Hallo", ich rutsche tiefer in meinen Sessel und denke: „Oh nein!" Gerade war ich soweit, vor lauter Gemütlichkeit eine Gänsehaut zu kriegen, den draußen herabrauschenden Regen und den alten, breiten Ledersessel zu einem genussvollen Schlummercocktail zu mixen, da schwebt sie um die Ecke und setzt sich neben mich. Sie und ihr Mann sitzen seit heute im Speisesaal mir gegenüber am Nachbartisch.

Als sie heute Mittag hereinkamen, war ich erstaunt über das schöne Paar. Sie hatten auffallend schlichte, aber teure Kleidung an. Die junge Frau trug alles in grau und schwarz, Rollkragenpullover, enger Rock. Der Mann ebenfalls grau und schwarz, völlig angepasst an seine Frau.

Der Eindruck drängte sich auf und wurde gleich bestätigt.

Kaum saßen sie, da ging es los mit: Schätzchen tu dies, Schätzchen tu das". Dabei hob sie immer mit einer schnörkeligen Bewegung ihren rechten Arm, bildete mit ihrer filigranen, blassen Hand eine kunstvolle Plastik in der Luft, winkelte den linken Arm ab und verharrte so ein paar Sekunden in der Luft, bis sie ihren Satz vollendet hatte. Dann zog sie ihre Arme amphibienartig wieder ein. Mit spielerischer Leichtigkeit hatte sie in kurzer Zeit die Aufmerksamkeit aller Tischgenossen auf sich gezogen.

Ihr Schätzchen tut alles. Er ist ein gutaussehender junger Mann mit einer liebevollen Ausstrahlung, und er behandelt seine Frau mit Nachsicht, wie man Säuglinge behandelt, die ihre ersten Schritte lernen. Immer wieder bücken, aufheben und freundlich sein.

Während er ihr Tee eingoss, tippte sie auf seinen Arm und sagte zu uns:

„Mein Mann ist ja so ungeschickt, immer muss ich Angst haben, dass er etwas fallen lässt". Ein trauriger Zug mischte sich in sein Lächeln und er sagte: „Ja, stellen sich vor, ich habe die Fleischplatte unseres besten Services zerschlagen. Sie war nicht nur teuer, sie ist auch nirgendwo mehr erhältlich".

„Es war zuerst sehr schwer", sagte sie, als spräche sie von einer Beerdigung, „aber jetzt haben wir es überwunden". Dann lehnte sie sich leicht wie eine Schneeflocke gegen seinen Arm und flötete mit spitzer Stimme zu ihm herauf: „Du hast dich schon wieder beim Rasieren geschnitten, mein Liebster, grauselig ist das mit dir. Wenn ich nicht so tolerant wäre und alles ertrüge, dann müsste ich mir wirklich ab und zu mal etwas Schöneres gönnen"!

Schätzchen griff sich erschrocken an sein Kinn und lächelte weiter, nur seine Hand zitterte leicht, als er sie zurück auf das Tischtuch legte.

Uns langte es, doch sie zupfte und rupfte während des ganzen Essens an ihrem Schätzchen herum.

Und jetzt sitzt sie tatsächlich im Foyer der Kurklinik neben mir, ebenfalls in einen alten urgemütlichen Ledersessel gekuschelt, und legt los: „Wenn ich das meinem Vater erzähle, kommt er mich sofort hier abholen. Wissen sie, er ist Akademiker, und hat immer streng darauf geachtet, in welchen Kreisen ich mich bewege".

„Mich trifft der Schlag", denke ich, und puste mir eine Locke aus der Stirn, die gar nicht vorhanden ist. Im Hintergrund sehe ich Klöpslein herannahen und gebe ihm verzweifelt Zeichen mit meinen Augen. Er steuert auf mich zu, legt aber dann kurz entschlossen eine scharfe Linkskurve ein und verschwindet, ohne auch nur zu grüßen. Ich überlege gerade, wie ich ihn heute beim Abendessen bestrafen soll, da geht es neben mir schon weiter. Sie erklärt mir groß und breit welchen akademischen Titel ihr Vater hat, und dass ihre Mutter eine mildtätige Frau ist, die sehr zum Ärger des Vaters armen Leuten, oder das was sie dafür hält, Kaffee und Kuchen in ihrem schönen Haus serviert.

„Sie können sich das sicher nicht vorstellen", sagt sie mit Bestimmtheit zu mir, „wieviel Zeit so ein ehrenamtlicher Posten kostet". „Doch, kann ich", denke ich, und fast hätte ich geredet. Die Aussichtslosigkeit auf Verständigung hindert mich jedoch daran. Ich bedecke meine Augen mit der Hand und täusche Müdigkeit vor. Es nutzt nichts, sie ist nicht mehr zu stoppen. „Und dann passierte noch das mit meinem Mann", ihre Stimme schwingt unheilvoll zu mir herüber. Meine Müdigkeit lässt schlagartig nach und ich setze mich aufrecht in den Sessel.

Sie beugt sich zu mir herüber und sagt mit leiser, drohender Stimme: „Er hat sein Studium abgebrochen"! Pause. Sie schaut, ob es gewirkt hat. Da ich keine Frage stelle, lehnt sie sich erschöpft zurück und sagt, so als habe ihr letztes Stündlein geschlagen: „Sie können sich sicher denken, was das für mich bedeutet!"

Ich kann mir lebhaft vorstellen, was das für ihren Mann bedeutet und frage, ob er sich denn beruflich anders orientieren konnte. „Es blieb ihm ja wohl nichts anderes übrig", antwortet sie mit Schärfe, „er ist jetzt Kaufmann." „Ja und?" denke ich, da schiebt sie schon hinterher: „Und jetzt spricht mein Vater nicht mehr mit mir." „Und mit ihm?" frage ich. „Mit ihm?" fragt sie langgezogen. „Mit ihm hat er eigentlich nie richtig gesprochen".

„Halleluja", denke ich und lasse mich wieder in den Sessel zurückfallen.

Und dann kommt das, was ich wohl so schnell nicht vergessen werde. Sie sagt langsam und jedes Wort betonend: „Um ganz ehrlich zu sein, mein Mann ist der soziale Abstieg für mich!"

Mein Magen zieht sich zusammen, ich denke nur noch an kalte klare Luft. Ohne etwas zu sagen gehe ich zum Fenster, öffne es, atme ein paar Mal tief durch und beschließe, einen langen Spaziergang im Regen zu machen.

Die Insider

Rodolfo der Geier kreist wieder über mir. Er liebt es, wenn ich traurig bin. Rodolfo hat es nicht gerne, dass ich etwas unternehme, wenn er seine Kreise über mir zieht. Ich vermute, er ist ein langweiliger Knabe.

Im Schatten eines Baumes döse ich auf meiner Liege vor mich hin. Neben mir liegt das Buch „Positiv denken" und ich vertraue auf seine Ausstrahlung. Ansonsten grabe ich in meiner älteren und jüngeren Vergangenheit nach Futter für Rodolfo. Er wird immer satt und ich werde immer lahmer. Ich muss es ertragen, bis er wieder abzieht. Ob nun traurig oder fröhlich, man muss alles gut auskosten.

Ich schließe die Augen und ein leichter Halbschlaf überfällt mich. Doch leider nicht lange, denn wie durch einen Vorhang höre ich sie kommen. Ich habe sie die stählernen Heuschrecken getauft.

Auf ihren Rädern lassen sie keine Straßenbaumängel aus und scheppern mit enormer Geschwindigkeit und unerhörtem Redeschwall durch die Gegend, der sich im Vorbeifahren meist noch durch laute Hallorufe steigert.

Adidas lässt grüßen und auch sonst noch so manche, durch Emblem bekannte Sportmarke. Durch ihre markante sportliche Bräune fallen ihre weißen Hemden und Sportsocken wie ein blitzendes Bettlaken aus der Werbung auf. Mir stellt sich wieder einmal die Frage, an welchen Krankheiten diese Menschen wohl leiden. Am Tag radeln sie stramm durch die Gegend und in der Nacht gehen sie tanzen, zumindest bis zum Zapfenstreich der Kurklinik.

Ich hebe vorsichtig den Kopf und sehe, dass noch mehr Ruhebedürftige irritiert in Richtung Getöse schauen. Und schon verkünden sie lautstark im Vorbeifahren, welche Mühle sie heute besichtigt haben, dass es bergauf ging und die Strecke insgesamt 25 Kilometer betragen hat. Unter ihren triumphierenden Blicken fühlen wir uns vollends auf dem absteigenden Ast. Es wird noch stiller auf unserer Liegewiese, da wir jetzt alle an unserer Unsportlichkeit zu leiden haben.

Natürlich sind meine beiden neuen Tischgenossinnen, die erst vor zwei Tagen ihre Kur begonnen haben, auch mit bei der Fahrradtour. Die norddeutsche Brise hatte der schwäbischen Tüchtigkeit bereits am ersten Tag eine Menge Mühlen und die dazugehörenden Wegstrecken genannt. Doch dass sie bereits am zweiten Tag in den Eroberungskampf ziehen, erstaunt mich sehr.

Ich habe mich am zweiten Tag erst einmal vom Kofferpacken und Abschiednehmen erholt und die ersten zaghaften Spaziergänge in Park und Umgebung unternommen.

Meinen beiden Tischgenossinnen scheint alles leichter zu fallen. Sie duzten sich schon beim ersten Hinsetzen an unseren Tisch und sprachen sofort über die Lokalitäten im Kurort. Sie wussten wie viele Bäcker und Metzger es gibt und wo die Post und das Kaufhaus sind. Alles Dinge, die ich mir erst nach und nach erschlossen habe.

Klöpslein, mein bayerischer Tischnachbar, wollte keinesfalls zurückstehen. Er erklärte den Damen, wo sie tolle Teppichläden finden können, und dass sie zugreifen müssten bei den fantastischen einmaligen Räumungsverkäufen. Und dann drehte sich eine Stunde lang die Unterhaltung nur um Teppichmuster und Preise. Bei solchen Gelegenheiten kann ich mich nicht entschließen, ob ich so viel Mobilität gut oder schlecht heißen soll.

Ich stelle mir vor wie es wäre, wenn ich mich, wo auch immer, sofort als Mittelpunkt der Welt fühlen würde. Langsam falle ich wieder in ein wohliges Dösen, blinzele mit einem Auge noch einmal zu Rodolfo, sehe ihn in ziemlicher Entfernung seine Abschiedskreise ziehen und weiß, dass er sich nicht mehr für mich interessiert. Erleichtert lasse ich mich tiefer in den Schlaf gleiten, um im nächsten Augenblick, hochgerissen durch einen langen schrillen Schrei, kerzengerade auf meiner Liege zu sitzen.

Neben mir sitzen auf den anderen Liegen auch alle mit langem Hals, starr in eine Richtung blickend. Es sieht aus wie eine Wiese voller erschreckter Straußenvögel, die angstvoll auf eine Fata Morgana starren.

Die Fata Morgana nähert sich mit schrillen Schreien in Form einer weiblichen Radfahrerin. Sie hat allem Anschein nach die Kontrolle über ihr Fahrrad verloren. Mit steif ausgestreckten Armen und erstarrtem Rumpf ist sie nur noch fähig, mit weit aufgerissenen Augen geradeaus zu fahren. Durch den Hang, der hinunter zur Klinik führt, erhöht sich zunehmend die Geschwindigkeit des Rades. Sie sitzt so steif auf dem Fahrrad, dass man einen Scherenschnitt von ihr anfertigen könnte.

Jetzt erkenne ich sie, es ist die holsteinische Elster, eine der nervigen Insiderinnen, die immer alles besser wissen.

„Na, wieviel haben wir denn abgenommen," hat sie mich heute beim morgendlichen Wiegen gefragt. Nun, ich brauchte mich nicht zu verstecken, und sagte: „sechs Kilo". Sie musterte mich mit scharfen Blicken von oben bis unten und sagte: „Wenn das man so bleibt." „Sie müssen wissen, zu hause haben sie das alles schnell wieder drauf."

Und warum das so ist, erklärte sie mir dann auch mit ihrem ausführlichen Wissen über Enzyme, Stoffwechsel und Gewohnheitsverhalten des Menschen.

Während sie pausenlos mit harten Worten auf mich einredete, grübelte ich darüber nach, woran sie mich erinnert. Sie sah etwas scharfkantig aus und trug schwarz-weiße, streng sportliche Kleidung. Am eigentümlichsten waren ihre hellgrauen Augen mit großen schwarzen Pupillen, die mich während der ganzen Zeit anstarrten. Und plötzlich wusste ich es: „Wie eine Elster," dachte ich, und da ich Namen sehr schlecht behalte, hieß sie von nun an bei mir die holsteinische Elster, denn sie sprach auch mit holsteinischem Akzent.

Die Elster rast also verzweifelt den Hang hinunter und ich sehe jetzt auch warum. Die Kette ist vom Zahnrad ihres Fahrrades abgesprungen und sie kann nicht mehr bremsen. Anscheinend hat sie vergessen, dass ein Fahrrad auch eine Handbremse hat. Es könnte auch sein, dass sie Angst hat, diese bei der großen Geschwindigkeit zu benutzen.

Ich grinse ein wenig schadenfroh vor mich hin und denke: „Jetzt helfen auch keine Enzyme mehr", da wird mir klar, dass der Weg an der großen Glastür der Kurklinik endet. Wenn sie weiter so rast, gibt es ein Unglück. Mir wird flau im Magen und ich sitze starr nach vorne gebeugt auf der Liege.

Noch zehn Meter bis zur Glastüre, da setzt das Gehirn der Elster wieder ein. Mit einer schneidigen Kurve lenkt sie ihr Rad in den Wiesenhang hinein, auf dem wir mit unseren Liegen die Kulisse für diesen Kurzkrimi bilden.

Sie stürzt, doch der ansteigende Hang fängt die größte Geschwindigkeit des Rades auf, und nach ein paar Sekunden schaut sie sich zitternd um. Wir haben unsere Liegen verlassen und gehen, leicht benommen von dem Schreck, zu ihr. Die Männer beugen sich über das Fahrrad, und suchen nach einer technischen Erklärung für den Vorfall. Wir Frauen fragen sie immer wieder wie es ihr geht. Ich glaube, das ist ihr nicht angenehm.

Nach ein paar Minuten hat sie sich soweit erholt, dass ihr eine Geschichte über einen Fahrradunfall in ihrer Nachbarschaft einfällt. Dieser Fahrradunfall hatte verheerende Folgen, die wir nun in aller Ausführlichkeit erfahren. „Auch über Fahrradunfälle weiß sie alles," denke ich und gehe langsam zu meiner Liege zurück.

Es wird Zeit die Decke einzupacken, denn in einer halben Stunde gibt es Abendessen.

Glückstag

„Ihr Glückskuvert!"

„Mitmachen und gewinnen!" „Traumurlaub auf
den Bahamas, ein Traumauto oder 20.000,- €!"

Ich halte das Glückskuvert, das nun meines ist,
also buchstäblich das Glück in der Hand und
lese, dass ich den dazugehörenden Glücks-
schein sofort einsenden muss. *S o f o r t* wird
ein paarmal betont und *f r a n k i e r e n   f a l l s*
M a r k e
z u r   H a n d.

„Nutzen Sie ihre Chance", steht als leuchtender
Querbalken auch noch drauf. Ärgerlich schlage
ich die Zeitung zu, in der das Glückskuvert klebt.
Ich werde diese Chance nicht nutzen und fühle
mich deshalb auf unbestimmte Weise als
Dummkopf.

„Wie wäre es denn mit dem kleinen Glück", denke ich und beschließe, ein paar Postkarten zum Postamt zu bringen. Gute Idee, denn draußen lacht die Frühlingssonne. 28 Grad habe ich jedoch nicht erwartet, und nach 20 Minuten Fußweg denke ich nur noch an ein Glas kaltes Mineralwasser. Meine Augen suchen sehnsüchtig einen Platz in einem der vielen Straßencafés.

Da sitzen sie, haben ihre Beine ausgestreckt und halten ihre Gesichter mit geschlossenen Augen der Sonne entgegen. Andere lachen und plaudern drauflos. Die Kellner haben hauptsächlich Eis mit Erdbeeren und Sahne auf ihrem Tablett, und es duftet nach Kaffee. Ich möchte jetzt sofort ein Glas eisgekühltes Mineralwasser haben, doch ich finde keinen Platz.

Mit hängendem Kopf überlege ich, wie ich wohl das Postamt finden kann und stolpere fast über einen Rollstuhl.

Ich kann es nicht fassen, was ich sehe. Eine alte zitterige Frau steht vor ihrem Rollstuhl und versucht ihn mit der rechten Hand auf der leicht ansteigenden Straße hochzuschieben. Mit der linken Hand zerrt sie an einem Band, dass sich um die linke Radnabe des Rollstuhls gewickelt hat. Und es ist weitaus schlimmer. Das Band gehört zu ihrem Anorak. Sie ist somit regelrecht an das Rad gekettet.

„Hören sie," sage ich zu ihr, „ich werde jetzt am Band ziehen und sie schieben den Rollstuhl zurück." - „Oh ja, danke," sagt sie und wankt dabei so stark, dass ich vor Schreck das Band loslasse. Es wickelt sich wieder ein Stück auf die Radnabe zurück. Mir tut der Rücken weh, ich ziehe mit allen Kräften mit der linken Hand an dem Band und stemme mit der rechten die alte Frau samt Rollstuhl den Berg hinan.

Dabei kommandiere ich mit lauter Stimme: „Schieben, jetzt schieben!"

Ich merke wie sie zittert und wankt und denke verschwommen: „Wie kann ein Mensch, der einen Rollstuhl benötigt, denselben bergauf schieben?"

Verzweifelt sehe ich viele Beine an mir vorübergehen, mein Kopf hängt fast auf der Erde. „Soll ich ihnen helfen, Frauchen?" Ich schaue hoch und sehe einen riesigen Mantel, aufgehängt über einem knochigen Mann, der einmal sehr kräftig gewesen sein muss. Jetzt allerdings nicht mehr, denn er stützt sich schwer auf seinen Stock. Ich habe eine Hand zu wenig, um auch noch ihn bergauf zu schieben, und sage schnell: „Nein, nein, es geht schon." Dabei kleben meine Kleider am Körper und meine Zunge am Gaumen. Dann traue ich meinen Ohren nicht. Das alte Frauchen sagt leutselig zum Mantelgerüst: „Immer wieder passiert mir das mit dem Band. Ich wollte eigentlich den Anorak deswegen nicht mehr anziehen."

Spätestens jetzt möchte ich sie los- und sausen lassen. Ein gnädiges Geschick erspart es mir. Das Band löst sich mit einem Ruck von der Radnabe. Ich fange Frauchen und den Rollstuhl auf, falle dabei fast selbst hin, und setze sie mit letzter Kraft in ihr Gefährt. Sie zieht gerührt ihre Geldbörse und will mich bezahlen.

Ich lehne ab und werde leicht wütend, ohne zu wissen auf wen. Dann beruhige ich sie und sage, dass sie ja schließlich auch jedem helfen würde, bemerke, dass das wohl nicht passend war und verabschiede mich hastig.

Nein, zum Postamt gehe ich nicht mehr. Ich bin grantig, und meine Kraft reicht gerade noch aus, um Fuß vor Fuß zu setzten. Da geht mir die Frage durch den Kopf: „Warum habe ich der Frau den Anorak nicht ausgezogen, dann hätte ich nur den Rollstuhl bergauf schieben und mit der anderen Hand am Band ziehen brauchen?"

Nur nicht weiterdenken. Ich dampfe buchstäblich der Klinik entgegen.

Heute war nicht mein Glückstag. Nein, wirklich nicht.

Carla

„Es war in dem Jahr, als ich den Führerschein zum Transport für Wellensittiche machte."

Carla sieht sich triumphierend um und kostet die Wirkung ihrer Worte aus. Sie braucht unsere Begeisterung als Vorschusslorbeer, als Energiestoß für ihr Phantasievehikel, mit dem sie beim Ertönen unseres Gelächters losbraust. „Vor einem Jahr fing es an. Ich besuchte meine Mutter, und fand sie zu meinem Erstaunen mitten auf ihrem Wohnzimmerteppich mit geschlossenen Augen liegen. Neben ihr ein Buch mit dem Titel „Die Kraft ihres Unterbewusstseins."

Carla runzelt die Stirn und hebt mit forschendem Blick ihr Rotweinglas zur Lampe hin. Eine gezielte Pause von ihr, damit wir mit unserem Lachen fertig werden können.

„Meine Mutter verbrachte noch zehn Minuten in ihrem Unterbewusstsein, um mir dann energisch zu erklären, dass sie alles, aber auch alles im Leben verpasst hat. Ich werde es ändern, sagte sie. Sie bohrte dabei ihren rechten Zeigefinger in den Titel des besagten Buches.

Ich verschluckte mein wie, denn sie kam mit Suggestion und Entspannung durch Wärme. Begriffe, die sie ohne zu stottern benutzte, die ich aber vorher noch nie bei ihr gehört hatte. Dazwischen zählte sie alles auf was sie verpasst hatte. Die erste Schleusenöffnung ihres seelischen Stausees ließ ich geduldig und einigermaßen erstaunt an mir vorbei fluten. Dann fragte ich höflich, ob ich Tee zubereiten dürfe, ging in die Küche, setzte den Wasserkessel auf die Herdplatte, füllte Tee in die Kanne, stellte die Tassen bereit und hörte Wortfetzen wie:

… und wer hat dabei an mich gedacht?

… habt ihr das jemals bemerkt?

Etwas ähnliches war vor zehn Jahren schon einmal passiert, aber ohne die Begleiterscheinungen, die noch folgen sollten, von denen ich jedoch zum Glück nichts ahnte.

Der Kellner vom „Feurigen Rostbraten" kommt an unseren Tisch und wir bestellten hastig und etwas ungeduldig unseren Wein, fast so als könnte er uns durch sein Aufkreuzen um Carlas Geschichte bringen. Dann rücken wir auf unseren Stühlen hin und her, bis jeder eine bequeme Haltung eingenommen hat, und sehen Carla auffordernd an.
Einfach toll, wie sie angestrengt auf den Boden schaut und dabei die Luft mit offenem Mund einzieht. Ein sicheres Zeichen, dass ihre Erzählung noch lange nicht den Höhepunkt erreicht hat.

„Ich sage Euch, von nun an brauchte ich jedes Mal Mut, um die Wohnung meiner Mutter zu betreten. Entweder machte sie Luftsprünge nach Walzermelodien, oder sie saß auf ihrem Teppich, mit spitz angewinkelten Händen über dem Kopf, auf das wartend, was angeblich auch in den Pyramiden geheimnisvoll wirkte. An einem anderen Tag hörten die Nachbarinnen auf zu reden, als ich im Flur an ihnen vorbei ging. Von der Wohnungstür meiner Mutter her erklang, ziemlich laut, eine sich ständig wiederholende orientalische Melodie. Etwas zitterig fingerte ich mit dem Wohnungsschlüssel herum, um dann mit zusammengepressten Lippen auf das Wohnzimmer meiner Mutter zuzusteuern. Sie hatte sich ein Stück Gardine um ihre Hüften gewunden und kreiste mit ihnen wie ein Wäschetrockner im Spargang um einen unsichtbaren Mittelpunkt.

Mein Klingeln hatte sie ignoriert, und schließlich auch mein Erscheinen. Ihr Atem erinnerte mich an meine alte Luftpumpe, und nur die Tatsache, dass sie über ihrem Bauchnabel noch ihr Unterhemd trug, tröstete mich. Doch das war nur der Vorgeschmack von allem."

Carla schiebt geräuschvoll ihren Stuhl zurück, steht auf und geht in Richtung Toiletten. Sie weiß genau, dass sie mit dieser Pause unsere Spannung erhöht. Das nenne ich Talent.

Einige lachen, andere stehen auf, um auch ihre Beine zu vertreten. Klöpslein, mein bayerischer Kurgenosse, hat kreisrunde rote Äpfelchen auf seinen Wangen. Er speichert Erzählgut für zu Hause. Ab und zu entweicht ihm ein saftiges: „Ja meinerzeit!", aber wohl eher unbewusst.

Wir feiern hier im Gasthof „Zum feurigen Rostbraten" unseren Abschied von der Kur. Die Koffer sind gepackt und morgen in der Früh müssen wir unsere Kurzimmer räumen. Allein diese Tatsache bringt schon mehr Unruhe als sonst in unsere Gruppe, und Carlas Erzählung tut ihr übriges.
Unsere Unterhaltung wird lauter und unser Lachen nimmt zu.

Der Kellner sieht es als Zeichen, um uns den feurigen Rostbraten anzupreisen und mit auffordernder Geste die leeren Weingläser zu entfernen. Wir geben ganz nebenbei unsere Bestellung auf, wobei das Feuer in den Augen des Kellners erlischt und nur zu hoffen bleibt, dass es am Rostbraten noch vorzufinden ist.

Carla kommt zurück und das Hin- und Herrücken mit den Stühlen beginnt wieder, bis alle gut sitzen. Nachdem wir ihr ein paar Köder hingeworfen haben, wie: „Ist doch klar, dass du zur Kur musstest, wenn du solche Strapazen mit deiner Mutter erlebt hast," erzählt sie weiter:

Es dauerte nicht lange, bis die erheblich schwierigeren Dinge anfingen. Meine Mutter hatte nämlich in ihrem Leben die Malediven, Paris, Kenia samt Affen, aber auch so simple Dinge wie Bonn und die Loreley verpasst. Da es ihr an Geld nicht mangelte, wandelte sie alles Verpasstes in Erlebtes um, was bedeutete, dass laufend Reisen fällig waren. Außer der Sorge, die ich dann um sie ausstand, hatte ich nichts dagegen einzuwenden. Doch die Sache hatte einen Haken namens „Habakuk"." Er war der heißgeliebte Wellensittich meiner Mutter.

Habakuk begrüßte jeden der ins Zimmer kam mit einem Sturzflug, landete auf dem Kopf, hangelte sich zum Ohr herunter, und rieb sein Köpfchen am Ohr mit leisem Gurgeln und Glucksen. Man wurde Wachs unter seinen kleinen Flügeln und es ist doch klar, dass Habakuk während der Reisen meiner Mutter nicht alleine bleiben durfte. Also transportierte ich Habakuk in immer kürzer werdenden Abständen von der Wohnung meiner Mutter, zu meiner Wohnung am anderen Ende der Stadt, hin und her, samt Käfig und Vogelsand.

Am meisten hasste ich die Hirsekolben. Jedes Mal zogen sie eine Körnerspur im Auto, im Flur und auf dem Teppich.

Frau Puhlmann lauerte mir eines Tages im Flur auf und drohte mit dem Hausmeister. Sie hätte nichts gegen Tiere, nein, aber etwas gegen die Körner auf der Treppe. Kaum kannte Habakuk wieder jede Ecke in meiner Wohnung, kam meist am Abend der Anruf meiner Mutter, sie wäre wieder da und würde auf keinen Fall alleine in der Wohnung schlafen. Wie ich es hasste, kreuzmüde und lahm durch die Stadt zu fahren, die Augen halb zu und Hirse im Gepäck."

„Ja meinerzeit!" entfährt es Klöpslein scharf. Wir schauen alle zu ihm. Das ist ihm peinlich. Er kramt sein Taschentuch heraus und sucht nach Feuchtigkeit in seiner Nase. Carla mustert ihn langsam von oben bis unten und fährt dann gnädig fort: „Die Lage spitzte sich zu. Zuletzt knallte ich meist nur noch Habakuk samt Käfig auf den Küchentisch und quetschte, ich bin müde wie ein Hund, durch meine Zähne.

Und dann kam der Tag, an dem ich das große NEIN aussprechen wollte. Meine Mutter fuhr zur Kur. Sie hatte eine neue Masche, nämlich Kurorte. Sie rief mich an und sagte, dass das Taxi da wäre und, alles Gute bis bald! Mit anderen Worten, hole Habakuk! Ich fuhr also hin und sagte mir, dies ist das letzte Mal! Dadurch ging es mir schon erheblich besser. Als ich in die Küche kam, stand dort ein großer Blumenstrauß mit einer schönen Karte. Ich ließ mich auf den nächsten Stuhl fallen und las: Liebe Carla, danke für Dein liebevolles Bemühen um Habakuk, aber das ist jetzt nicht mehr nötig. Ich habe ihn an die Nachbarkinder verschenkt.

Mir war zum Heulen zumute. Niemand knabberte und gurgelte an meinem Ohr. Die Hirsekolben waren auf einmal keine Belastung mehr.

Ein kleingeschriebener Satz am unteren Ende der Karte schaffte mich vollends. Da stand tatsächlich: Übrigens, ich schlafe seit meiner letzten Kur nicht mehr alleine. Wenn alles klappt, wird dieser liebenswerte Mann wohl dein nächster Vater.

Ich legte die Karte zurück zu den Blumen und saß noch lange traurig in der Küche. Fragt mich nur nicht warum. Ich glaube, mir fehlte die Hirse."

Carla lacht uns an und hebt ihr Weinglas: „Lasst es Euch gutgehen und schreibt mir mal!" Wir heben unsere Gläser und Klöpslein sagt voller Inbrunst: „Jawoll, Jawoll!"